First Spanish language edition published in the United States in 1996
by Ediciones Norte-Sur, an imprint of Nord-Süd Verlag AG, Gossau Zürich, Switzerland.
Distributed in the United States by North-South Books Inc., New York.

Copyright © 1988 by Nord-Süd Verlag AG, Gossau Zürich, Switzerland
First published in Switzerland under the title *Eine Geburtstagstorte für den kleinen Bären.*
Spanish translation copyright © 1996 by North-South Books Inc.

Velthuijs, Max, 1923-
[Geburtstagstorte für den kleinen Bären. Spanish]
Una torta de cumpleaños para Osito / Max Velthuijs; traducido por Guillermo Gutiérrez.
Summary: Little Pig bakes a cake for Little Bear's birthday, but finds
it difficult not to try tasting it before Little Bear arrives.
[1. Birthdays—Fiction. 2. Animals—Fiction. 3. Spanish language materials.]
I. Gutiérrez, Guillermo. II. Title.
[PZ73.V387 1996]
[E]—dc20 95-38558

ISBN 1-55858-560-5 (SPANISH PAPERBACK)
3 5 7 9 PB 10 8 6 4 2
ISBN 1-55858-562-1 (SPANISH TRADE)
3 5 7 9 TR 10 8 6 4
Printed in Belgium

Max Velthuijs

Una torta de cumpleaños para Osito

Traducido por Guillermo Gutiérrez

Ediciones Norte-Sur / New York

A todos los niños amantes del chocolate

—Hoy es el cumpleaños de Osito —dijo Cerdito—.
Voy a hacerle una torta.

Se puso el delantal y fue a la cocina.

Cerdito ordenó en la mesa todos los ingredientes: mantequilla, azúcar, huevos, leche, harina y polvo de hornear —sin olvidarse del chocolate en polvo y el extracto de vainilla.

Luego, tomó un tazón, echó la mantequilla y el azúcar y los batió bien. Agregó tres huevos y el extracto de vainilla y siguió mezclando. Por último, puso la harina, el polvo de hornear y el chocolate con la leche y batió la mezcla hasta que quedó sin grumos.

Cerdito untó un molde con mantequilla, lo espolvoreó con harina y echó dentro la mezcla de la torta. Luego, lo metió en el horno.

Con un suspiro de satisfacción, se sentó a esperar.
Al poco tiempo, un delicioso olor comenzó a flotar en el
aire. Cuando la torta terminó de hornearse, Cerdito la sacó
con cuidado del horno, la desmoldó y la dejó enfriar.

"Podría decorarla con fresas", pensó Cerdito, y corrió
al jardín a llenar una cesta.

Cerdito puso las fresas en la torta: una justo en el centro
y las demás en el borde.

Con cuidado, apretó la manga para poner crema
alrededor del pastel. En ese momento, llegó Conejo.

—¡Hola! —dijo—. ¡Qué bien huele! Es una torta,
¿verdad?

—Sí, pero no es para ti —le respondió Cerdito—.
Hoy es el cumpleaños de Osito.

—Vaya, vaya. Esta torta tiene un gran aspecto, ya lo creo —dijo Conejo—. Pero me pregunto si estará rica.

—¡Claro que sí! ¿Por qué lo dices?

—Si vas a regalársela a alguien, tienes que saber si está buena. ¿Quieres que la pruebe para asegurarnos?

Y sin esperar respuesta, Conejo ya tenía la pata en la crema.

—¿Qué te parece? —preguntó Cerdito con impaciencia.

—No estoy seguro —respondió Conejo dudando—.
Necesito probar otra vez.

—Déjame a mí —dijo Cerdito, y con mucho cuidado probó una parte diminuta de crema—. Mmmmm, ya lo creo que sabe bien.

—Creo que debería estar más dulce —opinó Conejo. Cerdito agregó una cucharada de azúcar al resto de la crema.

En ese momento llegó Pata.

—Hola. ¿Qué es esto con tan buen aspecto? —graznó
alegremente.

—Es una torta de cumpleaños para Osito —dijo
Cerdito—. Espera que pongo un poco más de crema y
luego puedes probarla.

Pata no esperó a que se lo dijeran dos veces.

—¡Fantástico! —exclamó con el pico lleno—. Está bien así. No demasiado dulce.

Conejo y Cerdito decidieron probar la crema otra vez.

—Pata tiene razón —dijo Conejo—. Ahora está perfecta.

—¡Pero aún no hemos probado la torta! —exclamó Pata.

Cada uno se cortó un pedazo. La torta tenía un sabor delicioso, así que todos se comieron otra porción para asegurarse de que estaba realmente buena.

De pronto, apareció Osito.

—¡Qué bien se ve esto! —gruñó sonriente—. ¿Qué es? ¿Puedo probar un poco?

—Pues claro —dijo Cerdito—. Al fin y al cabo es tu torta de cumpleaños.

—¡Es para mí! —gritó Osito—. ¿Una torta de
cumpleaños de verdad?

Y mientras cortaba un gran pedazo los ojos le brillaban
de placer. —¡Qué buena está! Nunca he probado algo tan
delicioso.

—La torta tenía mejor aspecto con las fresas y la crema
—dijo Cerdito—, pero tuvimos que probarla para ver si
estaba buena.

—¿Y estaba buena?

—¡Maravillosa! ¡De chuparse los dedos! —exclamaron
los tres.

—Salgamos al jardín a disfrutar del resto de la torta
—dijo Pata.

—Y Osito puede comerse el pedazo que todavía tiene
una fresa y un poco de crema —propuso Cerdito.

Luego, todos se sentaron detrás de la casa y se comieron el resto de la torta, hasta la última miga. Y como el cumpleaños de Osito sólo ocurría una vez al año, jugaron, conversaron y cantaron toda la tarde.

Osito se quedó con sus amigos hasta que se puso el sol.

"Una torta de cumpleaños decorada con fresas y crema",
pensaba Osito una y otra vez mientras regresaba muy
contento a su casa.

—Nunca he tenido un cumpleaños mejor.

Receta de la torta
de cumpleaños de Osito

MEDIDAS BRITÁNICAS	MEDIDAS DE ESTADOS UNIDOS
6 oz (170 g) de mantequilla	¾ de taza de mantequilla
6 oz (170 g) de azúcar	¾ de taza de azúcar
3 huevos grandes	3 huevos grandes
5 oz (140 g) de harina	1 taza y ¼ de harina
2 cucharaditas rasas de polvo de hornear	2 cucharaditas rasas de polvo de hornear
3 cucharadas de chocolate en polvo	3 cucharadas de chocolate en polvo
1 cucharadita de extracto de vainilla	1 cucharadita de extracto de vainilla
2-3 cucharadas de leche	2-3 cucharadas de leche

Se unta con mantequilla un molde hondo de 8" (20 cm) de diámetro, y se espolvorea ligeramente con harina. Se calienta el horno a 350°F (180°C/Circotherm 160°/Gas: Número 5). Se mezclan la harina, el polvo de hornear y el chocolate y se pasan por un tamiz. Se bate la mantequilla con el azúcar hasta que quede ligera y espumosa. Los huevos se baten levemente con el extracto de vainilla y se van añadiendo gradualmente a la mantequilla y el azúcar, batiendo bien a medida que se vierte. (Añadir un poco de la mezcla de harina y chocolate con la última parte de huevo impedirá que la mezcla se cuaje.) Se incorpora suavemente la mitad de la mezcla de harina y chocolate; luego se incorpora la otra mitad junto con leche suficiente para producir una pasta que se desprenda fácilmente de la cuchara. Con una cuchara se llena el molde con la mezcla, alisando la superficie, y se pone al horno entre 55 minutos y una hora, hasta que un palillo de dientes insertado en el centro salga seco. Se deja enfriar durante 5 minutos antes de desmoldar la torta. Cuando se haya enfriado completamente, se puede decorar con una capa de caramelo de dulce de leche o, para una ocasión realmente especial, con fresas y crema.